AF142751

Mystères

Sept histoires abracadabrantesques

Brigitte Carobolante

Mystères

Sept histoires abracadabrantesques

« Ceci est une œuvre de fiction. Les personnages et les situations décrits dans ce livre sont purement imaginaires : toute ressemblance avec des personnages existants ou ayant existé ne serait que pure coïncidence. »

Les images ont été téléchargées légalement. Voici leurs références : Couverture du livre + page 17 + page 35 + page 62 :

©<a href='https://fr.123rf.com/profile_captainvector'>captainvector</a>, <a href='https://www.123rf.com/free-images/'>123RF Free Images</a>

+ autre référence page 56 :
©<href='https://fr.123rf.com/profile_skycloudpics'>skycloudpics</a>, <a href='https://www.123rf.com/free-images/'>123RF Free Images</a>

+ dernière référence page 24, page 79 et p 97 :
© <a href="https://fr.vecteezy.com/vecteur-libre/illustration">Illustration Vecteurs par Vecteezy</a>

© 2023, Brigitte Carobolante

Édition : BoD – Books on Demand, info@bod.fr
Impression : BoD – Books on Demand, In de Tarpen 42, Norderstedt (Allemagne)

Impression à la demande

ISBN : 978-2-3224-5316-0
Dépôt légal : Janvier 2023

À mon époux,

À mes enfants,

À tous les lecteurs curieux,

Le mystère du Sphinx

Bousculée par les rafales incessantes du « khamsin », ce vent chaud, sec, poussiéreux, provenant du désert d'Égypte, la fillette est projetée violemment contre la patte de la statue qu'elle admirait il y a encore quelques minutes.

Elle sait que chaque année, uniquement à cette période, il se passe alors un phénomène surprenant. Elle a attendu le moment propice.

Son grand-père, archéologue, lui a affirmé que d'après toutes ses recherches, l'emplacement précis de cette œuvre colossale avait été calculé de façon très judicieuse.

À un instant fugitif, un seul instant, lors du solstice de printemps, quand la durée du jour et celle de la nuit sont identiques, le soleil se couche sur l'épaule droite de la statue mi-homme mi-lion, celle du grand Sphinx de Gizeh : un prodige.

De nombreux Égyptiens, ainsi que certains archéologues, pensent même qu'il y aurait des entrées menant vers des passages, des tunnels, des chambres secrètes, des grottes même, le tout enfoui sous le Sphinx.

Nul n'a pu le prouver.
Nul n'a pu pénétrer sous le sphinx énigmatique.

Pourquoi tant de mystère autour de ce Sphinx ?

Le vent cesse soudain, alors qu'il soufflait, comme à son habitude à cette période, depuis plus de trente-cinq jours, et laisse choir au sol le sable et la poussière qu'il transportait et qui brûlait les yeux.

Le Sphinx, apparaît alors, majestueux, dans un ciel sans nuage, superbe, pile à l'instant crucial où le soleil semble caresser l'épaule de ce colosse et lui donne une aura magique !

La fillette, époustouflée, est transportée dans un songe qui l'emmène au temps du règne glorieux des pharaons.

– Alice ? Alice ? Où es-tu ? entend-on au loin.

Alice. C'est bien elle. Mais Alice est plongée « au pays des merveilles », dans son monde de rêverie, et ne répond pas.

Quand enfin elle revient à la réalité, un dernier éclat de soleil éclaire fugitivement le bas du Sphinx, là où elle s'est cognée il y a quelques instants, poussée par le vent.

Elle aperçoit des pierres branlantes.
Elle se baisse, très intriguée.
Elle voit alors que ces pierres très érodées semblent dessoudées depuis bien longtemps, toutes recouvertes par une couche épaisse de poussière et de sable qu'elle époussette de la main.
Quand...

– Alice ? Alice ? Où es tu ? Mais réponds-moi !

Un homme très inquiet court partout en criant ce nom, en interrogeant les gens sur son passage.

On le reconnaît. C'est le grand père d'Alice, le fameux archéologue qui fait des fouilles depuis deux ans déjà !

La fillette a disparu, et malgré plusieurs recherches poussées, nulle trace.

N'est ce pas un « mau » qui court furtivement dans un couloir très sombre ?
Ce chat égyptien existe depuis des millénaires sur cette terre dont il est issu. Mais que fait-il là?

Une ombre le suit, c'est une fillette en pleurs qui l'appelle, effrayée :
- Mau ! Minou ! Miaou ! Petit chat, aide-moi !
– Mais comment es-tu entrée dans mon royaume, interroge le chat, surpris.
– Tu... tu parles ? Je deviens folle, ou quoi ?
– De tous temps les chats parlent aux humains, mais il n'y a que dans ce labyrinthe, qu'ils peuvent nous comprendre. C'est notre passage secret et magique que nous cachons avec soin mais que tu as pourtant découvert !
– Sous le Sphinx ? Des milliers d'hommes cherchent ce passage depuis bien longtemps, et moi, simplement en en touchant une pierre branlante, je serais arrivée là ?

– D'autres que toi ont emprunté ce passage, mais à leur retour chez eux, personne ne les a crus. Comment t'appelles-tu ?

– Je m'appelle Alice. Je ne sais même pas comment retourner chez moi, maintenant.

– Suis-moi, nous allons trouver Bastet qui t'aidera à rentrer.

– Bastet n'existe pas, c'est une déesse, du temps des anciens pharaons !

– Qui t'a raconté ces sornettes ?

– Mon grand-père est archéologue.

– Je ne comprends rien à ce que tu dis, tu as dû recevoir un sacré coup sur la tête pour délirer ainsi.

Au loin, une lueur. Enfin dehors !

Un temple surgit devant elle, mais Alice ne le reconnaît pas.

Elle est désorientée, pourtant elle connaît bien ce pays maintenant, depuis déjà deux ans qu'elle y est. Mais, là où son grand-père fait des fouilles, il n'y a aucun temple !

– Dépêche-toi un peu, il ne faut pas faire attendre Bastet, miaule le chat.

Alice regarde enfin tout ce qui l'entoure et en reste bouche bée.

Des bœufs tractent de lourdes charrettes et se fraient difficilement un passage parmi des Égyptiens, regroupés dans un champ, tous vêtus de pagnes, et qui glanent des épis de blé !

Comme sur les illustrations de son livre d'histoire qui raconte la vie des temps anciens des pharaons !

– Entre, Alice ! crie une voix inconnue.
– Comment savez-vous mon nom ?
– Je suis la déesse Bastet, et je protège les enfants, jeune demoiselle. Je suis une déesse très vénérée, alors incline-toi humblement devant moi, et tout de suite, avant de subir mon courroux !
– Il y a bien longtemps qu'on ne croit plus aux dieux égyptiens. Je crois que vous vous moquez de moi.
– D'où sors-tu, ma petite, pour mettre ma parole en doute ?
– Je viens de France !
– Connais pas ! M'as-tu apporté un présent pour m'honorer ?
– Un présent ? Mais quel présent ? Je me suis perdue, et je croyais que vous alliez m'aider à retrouver mon chemin.
–Tous ceux qui entrent ici doivent m'offrir un chat, un « mau » plus exactement, car c'est mon animal totem.

Alice aperçoit enfin celle qui lui parle, un énorme masque de chat lui couvrant le visage, et tenant un sceptre à la main.

– C'est vrai que vous ressemblez beaucoup aux statuettes de la déesse Bastet qu'adoraient les Égyptiens au temps des pharaons, soupire Alice.
– Mais, il y a encore des pharaons ! Nous sommes sous le règne du pharaon Khéphren ! Tu ignores donc même cela ?

– Celui qui a fait bâtir le Sphinx de Gizeh ?

– Aucun Sphinx n'existe, tu divagues. Sans doute as-tu eu une insolation.

– Au XXI ^{ème} siècle, d'où je viens, c'est une des plus grandes et une des plus belles merveilles du monde, je vous l'assure !

– Allons, bon ! Un voyage dans le temps, maintenant ! J'aurai vraiment tout entendu ! Ces visiteurs qui arrivent par mon passage secret racontent tous vraiment n'importe quoi ! Je crois que tu es plutôt une prophétesse, c'est la seule explication ! Tu as eu une vision du futur et tu m'as été envoyée.

– Mais je veux rentrer chez moi, grand-père va s'inquiéter.

– Il faut d'abord que tu viennes avec moi, car j'entends qu'on m'appelle. Tu pourras ainsi constater par toi-même que mes pouvoirs sont immenses.

En suivant la déesse, par un porte dérobée, Alice pénètre dans une salle immense, mais il n'y a personne.

On entend cependant des pleurs.

Bastet, suivie d'Alice et du « mau », ce chat qui l'accompagne toujours, pénètrent ensemble dans une chambre immense, drapée entièrement de soieries magnifiques.

Un homme, alité, gît sans mouvement.

– Bastet ! Oh, Bastet ! Tu as entendu nos prières, dit une femme à genoux près du lit.

Bastet, royale, s'approche et pose les mains sur le front de l'homme :
– Il brûle de fièvre, il faut mettre de l'encens dans la chambre pour chasser le mal.
– Maman me pose des linges mouillés sur la tête, quand je suis malade, intervient Alice.
– Évidemment, j'allais bien sûr préconiser aussi cela, coupe Bastet, énervée.
– Comme j'ai un chat à la maison, maman le pose sur moi et son ronronnement m'apaise, continue l'enfant.
– Le chat est mon totem et je le sais très puissant, interrompt à nouveau Bastet. Que ton chat monte donc sur le lit !
– Ce n'est pas mon chat ! Je l'ai juste suivi car j'étais perdue et c'est lui qui m'a mené ici !
– Mau, je t'ordonne de m'obéir, à moi, ta déesse ! crie Bastet au chat qui se lèche les babines, mais n'obéit pas.
– Mau ! Minou ! Miaou ! Je te le demande, s'il te plaît, supplie la fillette en caressant le chat qui se met à ronronner.

Le chat se couche alors sur le lit sous l'œil stupéfait de la femme, encore agenouillée.

– Qui es-tu, toi qui te fais obéir d'un chat alors que ma déesse Bastet, ici présente, ne le peut pas ? demande-t-elle.
– Je m'appelle Alice et...

– Cette fille est une prophétesse, coupe sèchement Bastet, courroucée. Elle m'a été envoyée pour me seconder et afin que je puisse guérir le pharaon, votre vénéré mari !

– Cet homme couché, c'est lui le pharaon ? Incroyable ! s'exclame Alice, abasourdie.

Une voix grave se fait subitement entendre :

– Je suis le pharaon Khéphren. Est-ce toi qui m'as sauvé la vie ? demande le jeune alité en regardant intensément Alice.

– Non, je n'ai rien fait, proteste en rougissant Alice.

– Pharaon ! Cette fille est une simple prophétesse, pas une guérisseuse, ajoute Bastet, vexée d'être ainsi ignorée.

– Bastet ! Oh ! Ma très chère déesse Bastet ! Moi, le pharaon, je m'incline devant toi, répond Khéphren. Ce sont sans doute tes pouvoirs divins qui m'ont sauvés. Voici mon humble présent.

Bastet, flattée par toutes ces louanges, reçoit alors aussitôt un coffret d'or et de bijoux, accompagné d'un plat de biscuits au miel et d'un pot de lait.

Elle redresse la tête fièrement.

Alice, estomaquée, n'en revient pas et intervient :

– C'est le chat qui vous a sauvé en se couchant sur vous, intervient Alice. Son ronronnement vous a apaisé.

– Alors, je veux que ce chat ait dès aujourd'hui sa récompense, déclare solennellement le pharaon, en se levant majestueusement de son lit, guéri comme par magie. Oui, je veux qu'à partir de ce jour, il puisse aller et venir à sa guise dans mon palais où il sera choyé comme mon animal fétiche.

De plus, je vais lui édifier une statue pour que tous se souviennent. Je veux que cette statue ait la forme d'un chat, taillé à même la roche ! Qu'il soit fait selon ma volonté !

– Un chat ? Ô Pharaon ! Vous qui êtes notre dieu suprême sur terre, un lion ne serait-il pas plus approprié pour faire resplendir votre aura sur la terre d'Égypte ? questionne Bastet.

– Tu as cent mille fois raison, ma perspicace Bastet ! Que le scribe inscrive cela dès aujourd'hui sur ses tablettes ! Ce sera donc un superbe lion, taillé dans la roche ! Je veux aussi que mon visage soit représenté, pour glorifier ma grandeur, et que tous se souviennent de cet instant à tout jamais, à travers les siècles, ordonne le pharaon Khéphren.

– Oui, je sais ! Ce sera un majestueux Sphinx et il sera à Gizeh ! ajoute Alice, en souriant malicieusement.

– En hommage au « mau » qui m'a sauvé et qui adore s'allonger au soleil, je veux que ce soleil caresse la statue, chaque année, en cette période de printemps, ajoute le pharaon en caressant le chat allongé à ses côtés.

– Ô grand Pharaon ! Je m'en occupe. Je vais me retirer, si vous le permettez, afin de concentrer tous mes pouvoirs divinatoires pour invoquer l'univers, le ciel, les étoiles, afin de savoir où sera placée votre statue, affirme Bastet.

– Fort bien, j'ai toute confiance en tes visions qui t'indiqueront l'endroit le plus approprié, confirme le pharaon.

Khéphren, majestueux pharaon, ayant repris son sceptre et s'apprêtant à quitter la pièce, se dirige vers la fillette, éberluée.

– J'ai entendu tous tes conseils qui ont guidé ma chère Bastet dans l'accomplissement de son rituel.

Comme ce « mau » sacré qui t'accompagne et qui va rester avec moi au palais, comme ma déesse Bastet ici présente, tu as toi aussi œuvré à ma guérison, dit alors le pharaon en prenant les mains tremblantes d'Alice.

– Pharaon, il est temps pour cette prophétesse de retourner chez elle au plus vite, dit brièvement Bastet.

– Voici un cadeau pour toi, jeune demoiselle, prononce alors le pharaon, en mettant quelque chose dans la main d'Alice. Adieu, tu seras dans mes rêves pour longtemps.

Alice accompagnée de Bastet rejoint le temple de la déesse.

– Ferme maintenant les yeux, Alice, et retourne dans ton monde ! ordonne Bastet.

Quand Alice rouvre les yeux, elle se retrouve allongée, à son point de départ, aux pieds même de la statue colossale, mi-homme mi-lion, du mystérieux Sphinx de Gizeh !

Alice savoure cet instant encore tout abasourdie par son aventure.

Elle est donc allée sous le Sphinx ? Impossible !

A-t-elle rêvé ? Sûrement !

Quoique... ?

En ouvrant sa paume, Alice y découvre enfin le présent magnifique offert par le pharaon.

C'est la statuette d'un chat aux yeux d'émeraude !

Le mystère de l'été indien

Il était une fois, il y a bien longtemps, un monstre très effrayant. Il était très féroce et attaquait tout ce qui lui tombait sous les pattes.

Écrasées, les petites fourmis et les petites fleurs ! Cassées, les branches des bois! Brûlées, les forêts avec les flammes gigantesques qu'il crachait quand il était très en colère, c'est à dire assez souvent ! Avalés tout crus, tous les animaux rencontrés !

Les elfes, les gnomes et les lutins se terraient, terrifiés.

Un soir, en toute fin d'automne, des fées qui faisaient leurs dernières provisions avant l'hiver, l'aperçurent et se cachèrent.

– Je déteste l'hiver qui arrive. J'ai froid et il me faut hiberner ! Heureusement que nul ne le sait, car pendant mon sommeil on pourrait me tuer.

Les fées, abasourdies, avaient entendu tout ce que disait le vilain monstre. Mais elles n'étaient point méchantes.

Elles se mirent, elles-aussi, en sommeil hibernal jusqu'au printemps.

Le printemps arriva, et les primevères s'ouvrirent.

Les deux fées, Prunelle et Marjolaine, premières éveillées, s'empressèrent de boire le délicieux nectar des calices à peine ouvertes.

C'était merveilleux, miraculeux.

S'étant ainsi rassasiées, elles se dirigèrent allègrement vers la tanière du monstre encore endormi.

Elles posèrent près de lui des corolles de crocus remplies d'eau et s'assirent, dans un recoin obscur, bien caché par de petites pierres.

– Mais, ça sent rudement bon ! s'écria le monstre en s'éveillant.

Étonné, il but l'eau, si fraîche qu'elle lui imprégna la gueule d'une onde inconnue qui lui enleva la soif qu'il avait au réveil. Il croqua ensuite les crocus.

– Quel festin ! Quel réveil ! C'est bien meilleur que les animaux que je mangeais jadis, et que la boue que je buvais. Mais qui m'a apporté ce festin, que je l'en remercie ?

Les deux fées s'approchèrent doucement et dirent :
– Majesté, nous sommes vos humbles sujets et nous avons voulu vous honorer de ce premier repas en notre compagnie.

Le monstre se rengorgea, tout fier d'avoir été appelé « Majesté ».

Il leur répondit donc fièrement :

– Je m'appelle Merlin, comme un ancien enchanteur dont j'ai ouï dire les exploits.

– Merlin, notre Majesté, nous sommes enchantées, dirent les fées en le saluant, avec une gracieuse courbette.

Le monstre se leva, tout ragaillardi.

Il ne s'était jamais senti aussi bien.

Une onde nouvelle l'envahissait, mais il ne savait pas ce que c'était.

Il sortit, mais le pépiement des oiseaux lui parvint.

– Quel vacarme assourdissant ! Je m'en vais, de ce pas, croquer ces affreuses bestioles qui me donnent mal à la tête, cria la bête, en ruant de colère.

– Majesté ! Sire Merlin ! Monseigneur ! Ne faites point cela ! Voici de la mousse toute fraîche. Mettez-la dans vos oreilles majestueuses, et ainsi vous n'entendrez plus ce brouhaha qui vous donne si mal à la tête, s'écria ingénieusement Marjolaine.

Merlin, flatté de tant d'égards, mit donc la mousse cueillie par les fées dans ses oreilles et il n'entendit plus un son.

Chaque jour, il continuait à dévorer les fleurs fraîches et les herbes pleines de rosée qui lui plaisaient maintenant.

Chaque matin, les fées lui rendaient visite et le monstre était envahi d'un sentiment inconnu, mais bien plaisant.

Un jour même, il oublia, après la visite de Prunelle et Marjolaine, de remettre la mousse dans ses augustes oreilles, car désormais, tous les bruits lui plaisaient.

Quel printemps agréable et doux !

Mais l'été arriva et Merlin se remit à gémir :
– Quelle chaleur ! Je suffoque ! Il faut à nouveau que je mange de la viande bien saignante, car cela me calme et j'ai bien moins chaud après ce festin !
– Merlin ! Mon ami ! Mon très cher ami ! Je te demande humblement de ne rien manger de vivant. Tu me ferais beaucoup pleurer, dit alors Prunelle.
– Ami ? Ami ? Je ne comprends pas ce mot, explique-moi.
– Tu nous connais depuis longtemps, commence Marjolaine.
– C'est vrai ! approuve Merlin, en se grattant les oreilles.
– Quand tu manges et bois avec nous, tu es rassasié d'un nouveau sentiment qui te plaît, ajoute Prunelle.
– Tout cela est vrai, répète le monstre en se couchant.
– Cela s'appelle le bonheur et l'amitié, disent en cœur les deux fées.
– Le bonheur ! L'amitié ! Je ne savais rien de tout cela auparavant. Je ne veux pas vous perdre.

Vous m'êtes devenues si chères. Je vous jure que je ne mangerai plus d'êtres vivants.

– Pour te rafraîchir, mon ami, viens boire à l'eau du lac et te reposer à l'ombre du feuillage avec nous, ajouta Prunelle qui l'accompagna avec une joie profonde.

Les mois passèrent.

L'automne arriva.

Toutes les feuilles des arbres tombèrent d'un coup, laissant les branchages dénudés.

– Que c'est triste, j'aimerais tant que les feuilles tombent plus doucement, pleura Marjolaine.
– Ce serait si beau si elles se paraient de rouge et d'or pour nous dire adieu avant l'hiver, ajouta Prunelle.

Merlin, qui les avaient entendues, à leur insu, devint tout songeur, mais ne dit rien.

Vint l'hiver.

Tous hibernèrent à nouveau, mais cette fois réunis ensemble, dans la caverne, bien au chaud.

Les années passèrent et Merlin devint le plus doux des amis de Prunelle et Marjolaine. Il aimait tant la nature à présent qu'il prenait soin de se reposer sur un énorme rocher pour ne plus écraser l'herbe tendre. Il pouvait ainsi observer à loisir les tendres fleurs qui y poussaient.

Les animaux, qui venaient s'abreuver à l'étang, venaient quelquefois à lui pour se faire câliner.

Quand un oisillon tombait du nid, notre cher Merlin, au lieu de le croquer tout cru, le replaçait délicatement dans son nid. Les oiseaux lui chantaient depuis un petit air très doux, rien que pour lui.

Les fées étaient enchantées et, de plus en plus, leur amitié réciproque se renforçait.

Chaque printemps, au réveil de leur hibernation mutuelle, c'était une fête de se retrouver.

Merlin était de plus en plus attentif avec tout ce qui l'entourait.

Si un animal frissonnait, Merlin le réchauffait avec son soufle. Il avait découvert qu'il pouvait moduler la puissance des flammes qui, autrefois, embrasaient la forêt toute entière.

Une année, alors que l'automne arrivait, il se rappela avoir entendu ses amies qui avaient rêvé que les feuilles tombent plus lentement en cette saison.

Il souflla alors tout doucement sur les feuillages des arbres, les réchauffant d'une chaleur délicate qui parvint jusqu'à leur sève.

C'est ce qui leur donna alors des couleurs dorées ou rouges suivant la force de son soufle.

Ainsi il changea les feuillages en reflets mordorés et quand les fées s'éveillèrent au matin suivant, elles découvrirent ce nouveau paysage et en furent émues au plus profond de leur âme.

Leur ami avait réalisé leur merveilleux rêve d'un automne coloré.

Chaque année, Merlin penait soin de renouveler cette métamorphose pour que la joie règne toute l'année.

Quelles années magnifiques passèrent alors !

Mais le temps passait. Les fées ne vieillissaient pas grâce à leur magie, mais lui se sentait plus fatigué.

Un soir de septembre, juste avant le début de l'automne, Merlin, se coucha très affaibli.

L'heure de partir à tout jamais avait sonné.

Les fées, profondément tristes, inventèrent une chanson pour l'endormir doucement :

« En automne, dans notre pays,
croyez-vous que tout soit gris ?
Ouvrez les yeux et vous verrez,
 si vraiment tout est dépouillé !
Nos feuillages sont tout dorés,
c'est Merlin qui les a transformés
en suivant le souhait des fées !
C'est la magie de l'amitié ! »

Merlin, dans un dernier souffle, leur murmura :
– Quelle magnifique chanson ! Je souhaite que votre vœu si cher vous soit exaucé à tout jamais. Mes chères amies, je cherchais depuis longtemps comment vous remercier. Je vous laisse mon âme, pour qu'avec votre magie, chaque automne pare les feuilles des arbres de ces couleurs désirées, comme si c'était encore mon souffle qui les transformait.

Merlin ferma les yeux, tout serré dans les bras de ses amies les fées, et une douce quiétude l'enveloppa. Il entendit, comme dans un songe, une dernière fois cette chanson, avant de traverser le miroir de la vie. Les fées l'avaient accompagné tout le long de son dernier voyage, le serrant tendrement contre leur cœur, et leur magie apparut dans le dernier souffle de leur ami.

Les feuilles des arbres revêtirent à nouveau des couleurs magnifiques, rouges et dorées, tour à tour, comme si Merlin avait été encore là et avait soufflé sur elles, comme autrefois. Splendide !

L'automne dura bien plus longtemps, car les feuilles tombaient doucement, couvrant le sol de leur tapis mordoré qui rendait le monde un dernière fois coloré avant l'hiver qui arrivait.

*

C'est bien depuis ces temps lointains, qu'en automne, la nature se pare de ces attraits, que le monde entier nous envie.

Mais il faut que chaque année, au début de l'automne, nous chantions tous ensemble, cette petite chanson, pour que le miracle se répète à l'infini :

« En automne, dans notre pays,
croyez-vous que tout soit gris ?
Ouvrez les yeux et vous verrez,
si vraiment tout est dépouillé !

Nos feuillages sont tout dorés,
c'est Merlin qui les a transformés
en suivant le souhait des fées!
C'est la magie de l'amitié !

Chantons ensemble ce refrain !
Donnons nous tous la main !
Chantons ensemble ce refrain !
Nous fêtons l'été indien ! »

Le mystère des mers

Sous les tropiques, le temps peut changer en un instant, sans prévenir.

Le ciel bleu, la mer turquoise, les palmiers gorgés de noix de coco, les jolies huttes en bois, tout ce calme, toute cette beauté, toute cette plénitude, n'est qu'illusion quand arrive un ouragan.

L'œil cyclonique du tourbillon désastreux grossit de seconde en seconde, la houle gonfle, les arbres sont arrachés ainsi que les huttes, par la violence du vent déchaîné et un tsunami effrayant s'abat sur la terre.

Tout est balayé, nul ne peut lutter contre la mer qui entraîne tout sur son passage et détruit toute cette quiétude pour de longues et douloureuses scmaines.

Des pleurs, des cris, aussi bien d'hommes, de femmes, d'enfants que d'animaux retentissent.

Puis le silence.
Il n'y a plus rien debout.

L'ampleur du désastre est visible sur terre, mais sous la mer les dégâts ne sont pas moindres.

Petits poissons multicolores, poulpes géants et grosses tortues carets, gisent au sol, sans vie.

Coraux, anémones de mer, algues sont arrachés et rejetés sur le plage, jonchée de débris de plastiques qui polluaient l'océan.

Un volcan s'est aussi éveillé et de la lave en fusion s'échappe, brûlant tout sur son passage, aussi bien sur la terre, avec ses nuées ardentes, que sous la mer, quand la lave s'engloutit à la fin de sa course.

Le volcan reste éveillé des jours, des semaines, un mois presque.

Puis, enfin, tout s'apaise brusquement, en quelques minutes.

Toute la population de la petite île se réunit.

Avant ce désastre, ils n'étaient déjà pas très nombreux sur cet îlot, et se sentaient privilégiés d'être à l'écart du monde. Mais à présent, les quelques rescapés réunis se sentent seuls, abandonnés, délaissés, oubliés et se murent dans un silence angoissant.

Le volcan s'est enfin éteint et comme si rien ne s'était passé, la mer turquoise baigne la plage de ses vagues langoureuses, le soleil luit à nouveau, le ciel bleu est presque transparent.

Mais nul ne voit ce prodige de la nature.

Sous la mer tout s'est apaisé aussi, et une caverne apparaît derrière l'écoulement de la lave qui s'est figée en formant comme des orgues. Depuis combien de temps est-elle là ? Nul ne le sait. Tout est désolé aux alentours, plus aucune trace de vie...

Quoique ?

Il y a comme un murmure qui sort de cette petite grotte sous-marine.

Une ombre gigantesque s'approche et entre dans la caverne, d'où des cris s'échappent. C'est une énorme méduse, qui se rue vers des formes repliées sur elles mêmes. Qu'est-ce donc ?

Voici qu'une murène surgit à son tour, que la méduse se met à suivre, abandonnant ses premières proies.

Là, derrière un tas d'algues brunes, apparaissent des êtres hybrides étonnants : d'abord ce sont des têtes de femmes aux cheveux longs, au corps diaphanes, aux courbes féminines mais le bas du corps finit en une nageoire caudale en demi-lune comme celles des lamantins!

Des sirènes ?

Mais oui, de magnifiques sirènes sont regroupées ensemble !

Ce n'est donc pas un mythe ?

L'une d'entre elles s'écarte, majestueuse, un diadème de corail dans les cheveux.

– Mes amies, écoutez-moi. L'heure n'est plus celle de se cacher.

– Majesté, que souhaitez-vous ? répond une toute jeune sirène.

– Il y a eu un grand désastre, mais nulle chez nous n'est blessée.

– C'est vrai ! s'écrie le groupe en chœur.

– Il nous faut donc faire notre devoir envers les humains.

– Il n'y a plus de bateaux entiers, pour nous cacher sous leurs coques. Cette fois, tous les humains nous verront, réplique l'une d'entre elles, pas très rassurée par cette perspective.

– De tous temps, nous avons été leurs anges gardiens, sans qu'ils ne le soupçonnent, répond la reine, sèchement. Nous avons réuni des groupes de dauphins pour nous cacher parmi eux et mener leurs bateaux vers des côtes abritées. Lors des tempêtes, nous avons chevauché les vagues, et bien qu'un grand nombre ait cru rêver, les bateaux nous ont toujours suivies. Nous leur avons évité les écueils, en les détournant vers nous par nos chants qui les intriguaient.

– Majesté, cela est vrai . Mais les hommes nous accusent souvent de les ensorceler et d'emmener leurs bateaux se fracasser sur des rochers !

– Nous connaissons les vraies fautives dans cette histoire, nous expliquerons tout, mais il ne faut plus tarder, ordonne la reine en se dirigeant vers la sortie de la grotte.

Pendant ce temps, les hommes qui ont déblayé les plus gros débris, ramassent de quoi réparer les bateaux, les femmes recherchent des fruits ou des légumes comestibles, les enfants se sont mis en tête de trouver des petits crabes.

En vain, encore ! Dans les maisons détruites, tout est enseveli et il faudra déblayer pendant longtemps avant de trouver d'éventuels outils. Les femmes n'ont trouvé que plantations et arbres déracinés. Les enfants sont revenus bredouilles.

Mais ils leur reste leur savoir ancestral pour rebâtir sans outil de nouvelles cases.

Chacun récupère à travers l'îlot, lianes, bambous, branches de cocotier, bois de toutes tailles.

En un clin d'œil, quelques huttes communes sont construites pour un premier hébergement provisoire qui les protégera.

Tout ce petit monde est bien affairé.

Seuls, les enfants encore sur la plage, cherchent des coquillages à manger.

Un chant mélodieux leur parvient, enchanteur, et ils se dirigent en courant sans peur vers les flots, d'où leur parvient le son.

– Oh, regardez ! Des sirènes !

Ils ont, bien sûr, entendu des histoires de sirènes, mais ils n'ont pas écouté les médisances qui accompagnaient ces récits.

Elles sont, pour eux seuls, des être magiques.

Un point, c'est tout.

Et là, elles apparaissent ?

En vrai ?

Incroyable !

Les sirènes, de leur côté, qui n'avaient jamais vu d'enfants, sont conquises par leur pureté de cœur et leur bienveillance.

De jolis dauphins surgissent autour d'elles, de retour dans ces lieux.

Les enfants applaudissent, chantent, rient et les sirènes les accompagnent de leur chant joyeux.

Les adultes, attirés par ce vacarme soudain, accourent et restent bouche bée devant l'étonnant spectacle.

Des poissons sautent au-dessus de l'océan, des crabes courent sur le sable, des oiseaux volent partout.

 La terre est comme repeuplée !

– Un miracle de la nature ! s'exclame le chef du village.

– Ce sont les sirènes qui ont attiré tous les animaux par leurs chants, disent les enfants, stupéfaits.

 – Il n'y a que des lamantins dans la mer et c'est ce que nos aïeux prenaient alors pour des sirènes qui, elles, n'existent pas, ce n'est que légende !

– Mais si, nous sommes bien réelles, vous ne rêvez pas, dit une voix venant de la mer.

Les enfants s'écartent et tous voient les sirènes majestueuses.
L'une d'entre elles est perchée sur un rocher.

On peut enfin l'admirer !

Mais des hommes se mettent à ramasser des rochers et les jettent vers elles, sans les toucher, heureusement.

– Arrêtez ! implorent les enfants, indignés.
– Les sirènes ! Elles existent vraiment ! Alors les récits des rencontres avec ce peuple des sirènes sont véridiques aussi. Ce sont bien elles, qui ont ensorcelé nos aïeux et conduit leurs bateaux contre les récifs pour les couler, crie un homme en colère, une pierre à la main, prêt à la lancer.
– Non, ce n'est pas vrai, s'écrient les enfants qui forment un rempart pour protéger leurs nouvelles amies.
– Non, ce n'est pas vrai ! répète la sirène sur le rocher. Écoutez-moi ! Je m'appelle Ariane et je suis la reine de mon peuple. Je vais tout vous expliquer et vous comprendrez alors.
– Oui, écoutons-la avant de juger, disent les femmes intriguées.
– Oui, on veut tout savoir, disent les enfants.
– Puisque tel est le désir de tous, nous vous écoutons, décide le chef du village.

Chacun s'assoit sur le sable chaud pour entendre le récit.

– Il y a bien longtemps, un terrible tsunami, bien plus gros que celui qui vous a frappé, est arrivé, infernal, destructeur. Tout le peuple d'Atlantide a péri en un jour.

– L'Atlantide a vraiment existé ? s'exclame, incrédule, un ancien du village.

– Oh oui ! Et l'Atlantide regorgeait de richesse et était incomparable de beauté. Son peuple vivait avec le nôtre en harmonie, avant ce désastre, en ces temps reculés.

– Oh ! Quelle tristesse ! disent les enfants.

– Oh oui ! Quel grand malheur ! reprend la reine Ariane. Non seulement nous perdions nos amies très chères et, en plus, d'autres humains nous ont accusées d'avoir tout pillé.

– Pourquoi ? demande une femme.

– Nul n'a jamais retrouvé l'Atlantide, ni ses richesses. Les hommes avides et furieux devaient trouver un bouc émissaire. Ils nous ont questionnées en vain sans réponse car nous avions fait le vœu de ne jamais dire, à qui que ce soit, où se trouvait l'Atlantide, afin que nos amies disparues reposent en paix.

– Nous aurions bien besoin de ce trésor, pour rebâtir notre village ! s'écrie un homme.

– Mon histoire n'est pas finie, continue le reine des sirènes, imperturbable.

– Oh ! s'il vous-plaît, racontez nous la fin, dit une petite fille.

– Bien sûr. Je vais tout raconter. Nous étions toutes en deuil et nous gardions le territoire de l'Atlantide, en surveillant que nul humain ne nous trouve. Mais un ennemi, que nous ne soupçonnions pas est arrivé.

– Oh ! Ah! s'exclame tout le village.

– Elle est arrivée, la maléfique ! Avec tout son peuple derrière elle.

– Mais qui donc ?

– Gorgone ! La reine qui gouvernait à cette époque les pieuvres géantes. Elle était accompagnée de toute sa troupe !

– Que s'est-il passé ? demande timidement un enfant.

– Avec leurs tentacules venimeuses, ces pieuvres ont tué nombre d'entre nous, pendant que d'autres raflaient les trésors. Tout mon peuple se défendait comme il pouvait, mais nous ne pouvions pas lutter contre cette multitude. Nous étions vaincues, hélas. Elles avaient tout volé, ne laissant derrière elles que les vestiges des ruines. Nous avons dû quitter ces lieux fantomatiques pour notre sauvegarde. Mais avant de partir, nous avons uni nos dernières forces, pour protéger le site par un dôme, qui recouvre et cache le site aux yeux des humains.

– Il n'y a plus de trésor, s'écrie le chef du village.

– Non ! Plus de trésor, puisqu'il n'y a que cela qui vous intéresse, reprend la reine en pleurant. C'est bien triste !

– Oh ! Ariane! Reine des sirènes ! Nous les enfants, ici réunis, nous pleurons avec vous la mort de vos amies ! N'écoutez pas les adultes ! Ils sont souvent trop bornés par leur intérêt, intervient un jeune garçon .

– Pour vous seuls les enfants, vous les innocents au cœur pur, je finis cette histoire. Les pieuvres géantes étaient parties, nous laissant enfin seules, alors que nous quittions à regret notre foyer, avec tous nos souvenirs. Mais Gorgone, leur reine, n'a pu s'empêcher de venir se pavaner devant moi. Tout à ma douleur, je l'ai poursuivie. Rien ne pouvait m'arrêter. Je voulais me venger !

Mais je n'ai pas eu besoin de le faire. Pendant ma traque, Gorgone s'était cachée derrière un gros rocher qui n'était plus stable, à cause du tsunami. Ce rocher a basculé et s'est effondré d'un bloc sur Gorgone, en l'écrasant.

– Bien fait !

– Hélas, le peuple des pieuvres géantes nous a poursuivies, l'esprit rempli d'une froide vengeance. Surgissant à l'improviste. Sans relâche. Toujours présentes, bien qu'invisibles et imprévisibles. Quand nous venions en aide aux bateaux en difficulté, si l'une d'entre elles était présente, elle enlaçait la coque du bateau et l'entraînait à sa perte.

– Vous êtes innocentes, nous le savions ! s'écrient les enfants, tout joyeux.

–Pardonnez-nous ! Nous étions aveugles, demande le chef du village. Acceptez de rester avec nous, vous êtes nos amies, à tout jamais.

– Nous resterons le temps de vous aider, acquiesce Ariane.

Les sirènes, avec leurs chants mélodieux, ont attiré toutes les créatures sous-marines qui ont repeuplé la mer, calme à nouveau.

La faune et la flore ont refleuri et des oiseaux sont réapparus. Les champs cultivés donnent à nouveau leur récolte. Dans les rivières, des carpes koï côtoient à nouveau de jolis petits poissons rouges.

Les bateaux sont reconstruits et à chaque pêche les sirènes les accompagnent.

*

Un jour, une énorme pieuvre géante apparaît près du port. Derrière, toute une armada de pieuvres géantes la suit à distance, car c'est leur reine.

Mais des hommes l'attrapent rapidement dans leurs filets. Tout le village se réunit, et décrète que c'est aux sirènes de décider du sort de leur ennemie.

La reine des sirènes s'installe alors sur son rocher, protégée par toutes les sirènes réunies autour d'elle, juste à côté des filets de pêche retenant la reine des pieuvres géantes.

– Bah ! Que ces bestioles sont laides et répugnantes, dit le chef du village, en détournant le regard.

– Pas étonnant que nous ne vous aimions guère, dit la pieuvre. Vous ne vous fiez qu'aux apparences.

– Comment t'appelles-tu ? lui demande la reine des sirènes.

– Moi, je m'appelle Gorgone. C'est le nom donné chez nous, depuis toujours, à nos souveraines.

– Gorgone, reine des pieuvres géantes, je te salue. Je suis Ariane, reine des sirènes. Je vais te raconter mon histoire et te dire pourquoi nous, les sirènes, nous ne vous apprécions guère, vous les pieuvres géantes.

– Quelle histoire ? Je ne vous connais pas, dit Gorgone.

– Il est vrai que toute l'histoire remonte à très longtemps, et peut-être ne la connaissez-vous pas, car nos chemins ne se sont plus croisés depuis quelques siècles maintenant, admet Ariane, toute pensive.

Ariane raconte donc à nouveau l'histoire de l'Atlantide, laissant les pieuvres éberluées.

– Mais nous n'avons jamais eu aucun trésor ! affirme Gorgone. Et nous ne coulons jamais aucun bateau. Nous avions entendu parler d'une ancienne querelle avec les sirènes, mais nous en ignorions la véritable cause. Nous fuyons simplement tout le monde, car on nous trouve répugnantes et on nous chasse avec mépris. Nous sommes venues ici, car des poissons nous ont raconté qu'il y avait en ces lieux, un territoire protégé où tous étaient bienvenus !

– Plus de trésor ! s'exclame un homme fort déçu.

– Ça ne vas pas recommencer cette histoire de trésor, intervient sa femme, à ses côtés.

– Ainsi donc vous ne connaissiez pas la véritable histoire ? demande une jeune sirène, très étonnée.

– Je suis l'une des plus âgées, et malheureusement je la connaissais ! intervient une vieille pieuvre géante. Le groupe qui s'était emparé des trésors s'est séparé des autres et on ne l'a jamais revu.

C'est dans ce groupe que des pieuvres, ayant perdu la tête, se sont mises à poursuivre les sirènes et à couler les bateaux.

– Je ne savais pas cela, dit Ariane. Raconte-moi la suite, ma chère Nausica. Tu sembles en savoir un peu plus.

– C'est vrai, reprend Nausica, un peu plus émue.

Des rumeurs ont couru, colportées par le peu de repenties qui ont rebroussé chemin. Ces dernières affirmaient fermement qu'aucune des voleuses ne pouvait détacher le regard d'un si grand trésor.

Beaucoup, attirées par ces richesses, se seraient entre-tuées les unes les autres pour tout posséder.

Les pilleuses, acharnées à garder leurs coffrets, seraient même mortes de faim, car elles ne pouvaient pas abandonner un seul instant leur butin, même pour se maintenir en vie. C'était la loi du chaos qui régentait le groupe entier, ensorcelé par l'or. Mais de grands requins blancs sont arrivés et ont chassé les dernières rescapées qui sont revenues réintégrer le groupe, repenties, affamées, désorientées, éreintées, exténuées, à bout de souffle. Elles s'étaient telllement égarées qu'elles n'avaient pas pu retrouver le chemin vers leurs chers trésors engloutis. La mer pouvait garder enfin, en toute quiétude, le secret de l'Atlantide.

– Comment sais-tu tout cela ? demande la reine des sirènes. Tu ne m'as jamais rien dit et toi, tu n'as rien fait dans ce carnage.

 – Hélas ! Mille fois hélas ! Une de mes aïeules faisait partie de ce groupe de voleuses, et j'en ai si honte ! Elle a affirmé n'avoir tué personne mais s'être simplement approprié un trésor. C'est ce qu'elle appelait « son exploit », et de la façon dont l'histoire s'est racontée au fil des générations, j'ai compris, en fait, qu'elle n'avait jamais regretté ce geste. Elle regrettait simplement d'avoir perdu son cher trésor. Par la suite, la famille a pris conscience de tout cela, et nous n'avons pas relayé cette histoire, tellement nous avions honte. Nous aimons la paix et l'harmonie. Je suis si heureuse d'être dans le groupe qui n'a commis aucune exaction et qui a pardonné aux repenties qui l'ont rejoint.

Un silence ému étreint l'assistance tout entière.

– Ce groupe innocent dont tu parles, est-il celui qui est réuni dans notre port ? demande doucement le chef du village, s'adressant directement à Nausica.

– Oui, mille fois oui ! Je vous jure que le groupe ici présent, n'a jamais volé, ni persécuté aucun navire. Pour ma part, je ne peux pas pardonner à mon aïeule. J'ai tout fait, ma vie durant, pour être la plus intègre, la plus sage, la plus amicale, et aujourd'hui j'accepte d'être jugée pour ce qui a été accompli dans le passé.

– Tu n'es pas responsable de tout ce mal, et je vois que ton cœur est pur. Tu n'as pas à être jugée, et tu as fait preuve de courage en nous racontant tout cela. Quant au trésor, celui de ton cœur est bien plus grand que n'importe quel richesse terrestre, affirme Ariane, la reine des sirènes en saluant la vénérable Nausica, émue.

Ariane se tourne alors vers Gorgone et sa troupe.

- Et vous, le peuple des pieuvres géantes, je comprends que je m'étais, moi aussi, fourvoyée sur vos intentions. Pardonnez-moi, demande Ariane en délivrant Gorgone.

– Heureusement, la vérité éclate enfin en plein jour ! Nous avions basé notre jugement, toutes les deux, sur des idées préconçues, proclame Gorgone.

Des cris et des chants de joie retentissent aussi bien sur la plage que dans l'océan.

Tous se mettent alors à danser, à chanter.

Mais, une voix interrompt les festivités, quelques instants :

– Êtes-vous venu en paix, peuple de la mer ? demande le chef du village.

– Oui, pour toujours, nous sommes réunis en une nouvelle fraternité.

– Hourra ! s'exclament les villageois réunis.

– Et, vous, peuple humain, acceptez-vous la présence de tous, sans restriction, dans votre territoire ? demande à son tour Gorgone.

– Oui, annonce le chef du village.

– Oui, répètent les enfants enchantés à l'idée de partager leurs jeux avec de nouveaux camarades.

Un silence se fait, puis une voix claire retentit :

– Gorgone, mon amie, rejoins-moi, je te prie demande Ariane.

– Ariane, mon amie, je viens avec plaisir, répond Gorgone.

Tous sourient, émus par cette belle harmonie qui se dégage de cette scène qui se déroule devant eux.

L'instant est solennel quand toutes deux se retournent vers la plage en demandant ensemble :

– Le temps est venu de vivre en paix, sans rancœur et en harmonie, le voulez-vous ?

– Oui ! Oui ! répond-on de tous les côtés, avant de reprendre la fête improvisée, sous les derniers rayons du soleil couchant qui embrase la plage.

*

Ainsi fut fait et un nouvel Éden fut créé, mais il demeure secret au monde extérieur.

Le mystère irrésolu

Un groupe de quatre voyageurs se regroupe au guichet d'embarquement, direction la Floride. Ils sont excités car ce n'est pas un simple voyage touristique.

Après de longues heures d'avion, ils rejoignent un taxi, direction un hôtel prestigieux.

Cocktails, piscine, air climatisé, la grande classe !

– On va s'amuser, ici ! Je ne m'attendais pas à tout ce luxe ! s'exclame Robin, un jeune homme du groupe.

– Profitez-en ! Briefing dans une heure ! annonce, imperturbable, un homme élancé qui les rejoint. Nous allons faire le point pour notre expédition de demain.

Tous reconnaissent le célèbre pilote, le commandant Alphonse, celui qui a survolé la Cordillère des Andes, dans des conditions très défavorables, ayant failli s'y écraser. Les télés du monde entier ont relayé son exploit, et c'est lui qui sera leur leader.

Quel honneur pour eux !

En attendant, direction les chambres, dépôt des valises express et illico presto, direction la piscine aux eaux turquoises et ses transats ensoleillés !

Une heure plus tard, tous sont là.

Il y a là trois pilotes expérimentés.

Le jeune Robin, 28 ans à peine, mais déjà bien téméraire, a bourlingué sa « caisse » partout en Afrique.

Puis Samantha, 25 ans seulement, est déjà experte en vol régulier sur des avions civils.

Enfin, voici Régis, un ancien pilote militaire de 56 ans, qui s'est reconverti en pilote d'expéditions en territoires inhospitaliers, comme au Groenland, d'où il est revenu il y a peu.

À leur côté, se tient la commanditaire du l'expédition, Hélène, une scientifique très réputée de 33 ans.

Le commandant Alphonse les rejoint aussitôt. L'homme athlétique de 45 ans en impose par sa prestance et son calme.

Il est le seul avec Hélène, à connaître la destination finale de leur aventure. Tous les pilotes savent que c'est une mission très spéciale qui les attend. Ils n'ont pas hésité une seconde quand le commandant Alphonse les a joints un par un, leur disant simplement que c'était une expédition scientifique que nul n'avait effectuée.

C'est donc bien à l'heure que tous se réunissent dans la salle de réception de l'hôtel, mise à leur seule disposition, à l'écart de toute oreille indiscrète.

Des plateaux de petits fours, gâteaux, fruits, sont placés sur une longue table, le tout accompagné de citronnade, d'eau et de limonade.

Le personnel de l'hôtel a déjà tout vérifié, et s'est éclipsé discrètement.

Des chaises, placées les une à côté des autres, sont disposées en face d'un écran de toile, et une caméra est positionnée pour faire visionner le film que tous attendent.

Rideaux tirés, portes fermées, et le moment tant attendu arrive.

Tous retiennent un instant leur souffle.

Les chaises crissent une dernière fois quand ils se positionnent pour bien voir l'écran.

Le silence se fait.

Hélène, un peu tendue, se lève, s'approche de l'écran et annonce :
– Comme vous le savez déjà, cette expédition n'est pas encore connue du public. Nous attendons la confirmation de ce que nous avons découvert récemment.

Le commandant Alphonse, déjà posté près du commutateur, fait un signe à Hélène et éteint la lumière, tandis que le film commence enfin dans le noir.

Des images apparaissent et Hélène prend le micro :
– Pas très loin d'ici, se trouve un endroit redouté de tous les navigateurs du monde, que ce soit sur mer ou dans les airs.

– Le triangle des Bermudes ! s'écrie Samantha. Le triangle des Bermudes, j'y crois pas !

– On ne va tout de même pas aller là-bas ? demande Régis. On sait ce qui arrive à ceux qui y ont passé, n'est-ce pas ? Pfft ! Disparus ! D'un coup !

– Regardez attentivement ces images. Elles ont été tournées depuis l'espace, avec un nouveau satellite météo perfectionné.

Les voici plongés au cœur des étoiles, galaxies, planètes, et tout défile à une vitesse folle, avec toujours en point de mire, leur fameuse planète bleue, la Terre.

– Ce satellite a été envoyé pour détecter les champs magnétiques de la Terre. Et nous avons découvert quelque chose de nouveau, concernant cette fameuse zone du triangle des Bermudes, et qui expliquerait bien des mystères, annonce Hélène avec enthousiasme.

Les explorateurs regardent attentivement les images défiler, mais ne voient absolument rien, à l'œil nu.

Sur l'écran apparaît une nouvelle image, avec un graphique qui semble onduler, de façon sporadique.

– Un sismographe ? demande Régis, l'habitué des recherches scientifiques et du matériel souvent embarqué.

– C'est sur le même principe, mais non pas relié à des séismes directement dans l'écorce de la terre, mais avec une sorte d'aimant repérant les champs magnétiques, qui sont dispersés partout à travers la planète. Un logiciel les décode en graphiques qui mesurent leur intensité, répond Hélène.

– Incroyable !

– Nous avons eu la confirmation que ce champ magnétique, si puissant, dont vous observez la courbe, enveloppe toute la zone du triangle des Bermudes. Regardez donc ces différentes phases, montre Hélène, en pointant le tableau d'un stylet.

– Ce champ n'est pas constant comme vous le constatez, reprend elle. Quand la courbe est au plus bas, le champ magnétique est faible, pas de réel danger. Cela explique pourquoi certains appareils ont réussi à traverser cette zone, à certains moments. Cette courbe ondule, de façon assez régulière, toutefois, comme vous pouvez le constater. Quand le champ magnétique semble se recharger en énergie, c'est ce qu'on voit sur les courbes hautes, alors cette exposition à cette puissance phénoménale si subite, peut détracter n'importe quel moteur.

La lumière est rallumée.

Quelques minutes passent, en silence, le temps de se réhabituer à la lueur du jour et de digérer cette information si étonnante.

– À la suite de cette découverte, un nouveau appareil, a été créé qui peut détecter les champs magnétiques et agit un peu comme un aimant, qui repousserait ces ondes, par un champ contraire, annonce alors Hélène.

– C'est l'appareil que j'ai embarqué dans le cockpit de l'avion que je piloterai. Il est petit mais embarque une technologie avancée, précise le commandant. Je l'ai testé sur une zone à faible champ magnétique, et le champ a bien été désactivé. Maintenant, nous allons le tester dans le fameux triangle des Bermudes.

Un remous parcourt la salle, des murmures angoissés retentissent.

– Silence, vous tous ! commande Alphonse. Je serai le seul à survoler la zone elle-même. Je serai en contact avec vous autres, qui volerez autour de la zone et vous aurez toujours mes coordonnées.

– Je viens avec vous, affirme Hélène, car c'est mon expédition.

– Mais alors, comment allez-vous faire pour éviter les moments où la zone du champ magnétique est la plus puissante ? demande le fougueux Robin.

– Avec cette étude dans l'espace, il a été démontré que sur la période d'un an, le champ magnétique était en très forte activité pendant 5 jours, puis en quasi repos pendant 36 heures, sans aucune variation. C'est réglé comme un métronome. Cette période de 36 heures commence demain matin à 7 h. Quelqu'un veut-il se désister ? Il est encore temps.

Le lendemain, tout le monde est paré au décollage.

Le commandant s'enfonce dans la fameuse zone sans rien détecter d'anormal.

Sa passagère filme tout.

Aucun des deux ne repère bateau ou avion, qui serait échoué sur l'un des petits îlots qu'ils survolent.

Le commandant a prévu de se poser sur l'un de ces îlots.

Il en a localisé un, assez grand et peu boisé, pour pouvoir y atterrir demain facilement avec son avion.

Il pourra y déposer un autre engin, un prototype de détection de champ magnétique, non encore utilisé, qui restera in situ.

Il ne reste que 16 h avant le retour du gros champ magnétique prévu le lendemain.

Les autres pilotes restés aux alentours de la zone, aux aguets, les voient revenir avec soulagement.

Le lendemain, nouveau départ très matinal, puis atterrissage en douceur.

Le commandant Alphonse pose le prototype en place et Hélène, après maintes vérifications le met en marche.

Soudain, le monde se met à tourner autour d'eux, ils se retrouvent en apesanteur, la tête à l'envers.

Un arbre se trouve sur leur trajectoire, et leur permet de s'accrocher à son tronc, pour ne pas être emportés plus loin.

Tout se calme, et ils se retrouvent sur le sol, n'y comprenant rien.

Le commandant et sa passagère, encore déboussolée, réussissent à regagner l'avion rapidement sans encombre.

— S.O.S ! Mayday ! Quelqu'un reçoit-il enfin mon appel ? Nous avons un énorme problème ! répète plusieurs fois le commandant au micro de son appareil.

Mais aucune réponse.

Il ne leur reste qu'une heure avant la réactivation du champ magnétique, et alors là, ce sera apocalyptique, couplé à ce nouveau phénomène.

Nouvelle secousse plus violente, et les voici de nouveau en apesanteur dans l'appareil, se cognant à tout ce qui les entoure.

Puis un sursis arrive enfin, les laissant retomber sur leurs sièges, tous deux très inquiets.

– C'est peut être ce prototype qui a tout déclenché. Tout a commencé quand je l'ai activé, dit Hélène, paniquée.

– Il faut retourner sur place et le désactiver au plus vite, décide le commandant. Prenez cette corde, enroulez-la autour de votre taille comme je le fais moi-même. On ne doit pas traîner. Vite, on n'a plus plus que 30 minutes !

Auguste attache la corde autour d'Hélène, puis la noue autour du train d'atterrissage de l'avion et les voilà repartis.

Ils aperçoivent enfin le prototype.

Plus qu'un quart d'heure avant le déclenchement de la période de grande onde magnétique.

Hélène s'apprête à arrêter cet engin quand...

Nouvelle secousse, nouvelle apesanteur.

Jamais ils n'y arriveront à temps.

Plus que 5 minutes maintenant !

La corde se détache...

Ils sont entraînés... Loin l'un de l'autre...

Inexorablement !

※

Dring ! Dring !

Hélène se réveille toute chamboulée.

Ce n'était qu'un rêve.

Elle se redresse brusquement.

Il faut absolument annuler ce deuxième jour de vol dans ce triangle maudit !

La voilà qui court, échevelée, et déboule devant les pilotes ahuris.

– Il faut tout annuler ! annonce-t-elle essoufflée.
– Tout va bien se passer, vous avez pu le constater hier, lui répond étonné le commandant Alphonse.

Hélène raconte son rêve.

Elle, l'éminente scientifique, la méthodique, la pragmatique, oui elle, Hélène, croit à ce rêve, et ne veut pas revenir sur sa décision.

Tout l'équipage reste donc à l'hôtel, avec baignade et farniente.

Finalement, c'est pas si mal cette annulation !

Hélène, prostrée dans sa chambre, se demande encore pourquoi elle a pris cette décision.

Le soir, le commandant Alphonse réunit ses troupes et leur annonce que le satellite a détecté, dans le fameux triangle des Bermudes, un violent champ magnétique, d'une ampleur sans pareille, qui remet tout en question.

De plus, une mystérieuse onde d'apesanteur inexpliquée dans cet espace intersidéral, a traversé le satellite et a tout endommagé.

Pile à l'heure prévue pour leur atterrissage reporté aujourd'hui !

Le mystère reste donc entier à ce jour.

Le mystère du lac

Dans ce monde situé aux limites de la galaxie de Pandératus, perdue au milieu d'un millier d'étoiles et entourée d'une aura nébuleuse, se cache ma planète.

Oh ! vous ne l'avez pas encore trouvée, et tant mieux pour nous !

Nous sommes pacifiques et l'écho de vos guerres est parvenu jusqu'à nous. Vous faites un tel raffut !

Quelques curieux parmi nous ont même survolé votre Terre, et l'ont découverte dévastée par vos soins.

Alors, non merci !

Nous ne souhaitons pas que notre planète subisse le même sort.

Nous sommes des espèces diverses et vivons en bonne harmonie, dans un environnement protégé.

Mais je veux bien vous raconter notre histoire, à distance, juste pour vous faire partager un peu notre quotidien.

En route pour la visite guidée de mon petit monde enchanté !

Quelques créatures géantes, mais inoffensives, côtoient de petits hommes verts.

Mais non, je vous arrête : ce ne sont pas des martiens !

Quelle imagination !

Ce sont ce qu'on appelle ici des « bloudis ».

Ils sont inséparables des minotaures, petites créatures qui sautillent sans arrêt, à la recherche de nourriture.

Nous avons aussi des centaures, des chevaux ailés et des phénix.

Quelques êtres fantastiques, à la tête ronde comme un œuf, sont nos savants et ce sont eux qui nous ont raconté leur voyage qui n'a duré qu'un million d'années-lumière, ce qui ma foi est rudement rapide !

Certains se sont posés sur votre Terre étrange et ont ramené fleurs et fruits divers qui se sont très bien acclimatés sous notre double soleil bleuté.

Nos savants auraient aimé rapporter des animaux vivants, mais dès que l'engin a été repéré, ils ont été pourchassés.

Ils ont alors plongé dans un volcan en activité.

Avec leur armure en xyladorafon, ils ne craignent aucune température, et c'est alors qu'ils ont trouvé des œufs cachés au plus profond de la lave du volcan.

Et là, intervient ma propre histoire.

Eh oui, j'ai éclos de l'un de ces mystérieux œufs terrestres et devinez qui je suis !

Une poule ? Un oiseau ? Que nenni !

Une tortue ? Un lézard ? Oh ! vous chauffez !

Je suis une jeune femelle et vous appelez mon espèce : « diplodocus ».

Ne riez pas, c'est sérieux.

C'étaient des œufs d'animaux, disparus depuis bien longtemps, que nos savants avaient ramenés de Terre.

Ainsi, d'autres que moi ont éclos.

Il y a des ptérodactyles, vous savez, ces oiseaux volants au bec acéré de dents bien pointues, sans compter les féroces tyrannosaures, les placides iguanodons et les grands tricératops.

Nous sommes tous là, en harmonie grâce à la couche nébuleuse qui entoure notre planète et agit sur nous en annihilant toute férocité, désir de dominer, ou autre envie de massacrer.

Tous bienvenus sur Zorg !

Si vous nous verriez parader, vous en seriez épatés.

Imaginez des géants bien gras, serrant de leurs quatre mains palmées, celles de leurs amis, les petits hommes verts.

Et ce n'est pas tout, attendez la suite.

Prêts ? Partez ! Il y a aussi :

° Des êtres étranges, au corps changeant sans cesse de couleur, chevauchant des chevaux ailés qui galopent à en perdre haleine, en frôlant des astres qui, entraînés par le souffle de ces fougueux destriers, se transforment en comètes qui naviguent alors dans l'espace intersidéral.

° Des cyclopes (oups ! je les avais oubliés ceux-là !), jouant avec des phénix aux plumages éclatants.

° Des centaures se promenant accompagnés de tyrannosaures et savourant ensemble les blés violets qui ont poussé chez nous.

Attendez ! il ne faut pas m'oublier : moi, la belle diplodocus au long cou.

Avec mon corps trapu recouvert d'épines, ma longue queue battant l'air comme un fouet, ma jolie tête plate et mon museau aux petites narines bioniques aplaties, ne suis-je pas la plus belle ?

Non ? Oh ! ma parole ! Vous n'avez vraiment aucun goût !

Je vous parle de moi, et j'en oublie celui qui a couvert mon œuf et qui est donc mon « papa », comme vous dites chez vous : je vous présente mon cher Filzou, mon très cher savant au crâne d'œuf encore plus gros et arrondi que ses confrères.

Il est si beau avec ses bras démesurés, sa combinaison en xyladorafon d'un mauve éclatant, et en plus il possède ce qu'il y a de plus merveilleux sur notre planète : une... montre !

Les savants voyageurs ont ramené plusieurs spécimens de votre Terre, se demandant à quoi ça servait, ces aiguilles pour mesurer le temps, sans arrêt.

En arrivant ici, les montres se sont complètement détraquées : les aiguilles tournent un jour de gauche à droite, et le lendemain de droite à gauche. Dur de suivre, n'est-ce pas ?

C'est très pratique pour ne jamais savoir quelle heure il est, et c'est surtout très amusant !

Ce sont les plus belles montres du monde intersidéral, et même au-delà de la Voie lactée !

Et mon cher Filzou a traficoté la sienne qui m'épate à chaque fois.

Elle sonne une fois par jour, imitant le cri si mélodieux d'un tricératops.

Mais on ne peut pas prédire quand exactement, avec ces aiguilles, qui un jour tournent de gauche à droite, et le lendemain de droite à gauche, vous me suivez ?

Et là surgit un gros problème.

On n'a que trois « pilipilous » pour stopper la sonnerie, avant que n'accourent les véritables tricératops, qui croient entendre l'un d'eux en danger !

Je sais ! C'est quoi trois « pilipilous » me direz-vous ?

Moi, je n'ai toujours pas compris vos heures et minutes, alors je vous explique quand même, car je suis la plus mignonne, la plus serviable, la plus gentille, la plus...

Oui, oui, j'explique !
Oh ! la la ! Pas très patients, ces humains !
Bon, on y va !

Mon cher Filzou va faire sonner, exprès, rien que pour vous, petits veinards, cette mélodieuse sonnerie.

Répétez après moi maintenant :
« Pilipilou, pilipilou, pilipilou, pili... »

Attention on a dépassé le temps imparti ! Stoppe la sonnerie Filzou ! Troupeau déchaîné en vue ! Gare !

Voilà ce que ce qui arrive quand on dépasse trois « pilipilous » !

On se retrouve maintenant nez à nez avec des tricératops qu'il faut rassurer !

Heureusement, il y a juste à côté un champ plein de ces blés violets dont ils raffolent, ces gourmands !

Venez vous régaler mes jolis, mes tout petits !

Ouf ! je suis sauvée de leurs léchouilles, de leurs grattouilles et de leur câlins, un brin trop virils, quand même.

Bon, il faut que je vous laisse. Je vais rejoindre ma sœur aînée.

Eh oui ! J'ai une grande sœur, née quelques mois avant mois et dont l'histoire est encore plus surprenante que la mienne.

Hein ? Que dites-vous ?

Je vous rappelle que vous êtes très loin de moi et que mes oreilles bioniques ne peuvent capter que si vous criez.

Oh ! vous voulez que je vous raconte l'histoire de ma frangine ?

Bon, la dernière, et vous resterez bien sagement sur votre Terre, n'est-ce pas ? Je compte sur vous !

Donc pour vous raconter l'histoire de ma sœurette, retour en arrière, quand le vaisseau de mes chers savants était arrivé sur votre Terre, et que vous les poursuiviez, vous vous rappelez ce moment ?

Le vaisseau s'était donc caché dans le volcan, les savants avaient trouvé nos œufs et s'apprêtaient à repartir.

Un dernier survol, et en route...

Vous croyez ça ?

Eh bien, non !

Mon cher Filzou était à bord et il est assez romantique, voyez-vous.

Il a aperçu un joli petit lac, et il a alors demandé que l'appareil se pose quelques instants pour admirer cette jolie vue.

Le vaisseau se posa donc et il se trouve qu'un épais brouillard se leva, cachant ainsi la capsule intersidérale.

Les savants pensaient donc qu'aucun humain ne pouvait les voir à travers cette purée de pois. Ils décrétèrent donc une halte plus longue.

Filzou avait donc le temps de flâner, et c'est là qu'il aperçut sa fameuse montre.

Il se baissa donc pour la ramasser et c'est alors qu'un incident arriva.

Il avait, par mégarde, fourré dans la poche de sa combinaison en xyladorafon, un des fameux œufs trouvés.

Celui-ci tomba donc à terre, mais au lieu de se fracasser, des fissures apparurent, et l'œuf de ma sœur a éclos à ce moment précis!

Oui, Filzou ne s'attendait pas à une éclosion de ces œufs sur votre Terre !

Incroyable ! Inouï, n'est-ce pas ?

Je précise que dès que nous naissons, nous avons à peu près notre taille adulte et nous ne passons pas inaperçus, croyez-moi !

Son œuf à peine éclos, ma sœur se rua dans le lac et s'y baigna quelques minutes, avant que Filzou ne la récupère et que tous quittent au plus vite votre planète avant qu'un terrien ne voit tout cela.

Ils l'avaient échappé belle, sinon vous en parleriez encore, bavards comme vous êtes.

J'ai fini mon histoire mais je vous entends crier encore, que dites-vous ?

Quelqu'un aurait vu un diplodocus dans un de vos lacs terrestres ?

Je suis sûre que c'est bien ma sœur que cet humain a vue !

 Il n'y a pas d'autre explication puisqu'il n' y a pas eu d'autres incidents !

Que c'est drôle ! Quand je vais lui raconter cela, ma sœurette ne me croira pas.

Je file tout de suite lui raconter toute l'histoire qui va l'épater.

Salut !

Youkyoukbulbul ! Youkyoukbulbul ! Youkibouk !...

Criez pas comme ça ! Quel vacarme ! Oh ! la la ! Excusez-moi, je croyais que vous aviez fini !

Hein ?

Vous dites qu'une légende est née à ce propos ?

Vous avez d'abord appelé la créature entr'aperçue: « le monstre du loch Ness », puis vous lui avez trouvé un joli petit surnom : « Nessie !! »

Youkyoukbulbul ! Youkyoukbulbul ! Youkibouk !

Ne fuyez-pas ! C'est mon rire ! Youkibouk !

Quelle histoire abracadabrantesque !

Faudrait l'écrire, vous croyez-pas ?

Le mystère du désert

Chris se prépare activement pour participer à la « Route du Rhum », la célèbre course en solitaire, et il espère la gagner avec son beau trimaran ultra perfectionné.

Comme il a déjà voyagé à travers le monde, il croit tout connaître et il n'entend aucun des deniers conseils de prudence qui lui sont prodigués sur le quai.

En avant, toute !

« Une belle balade m'attend ! Ce sera du gâteau, cette petite traversée » pense-t-il, un brin fanfaron.

Chris ne se fie qu'à son instinct, pour tracer sa route.

Vraiment aucun danger ne peut le guetter, n'est-ce pas ?

Quand il arrive bon dernier, Chris est totalement exténué, mais ne veut pas admettre qu'il a eu tort !

Ce n'est pas sa faute s'il s'est davantage fié à son instinct, à sa bonne étoile, plutôt qu'aux prédictions scientifiques de la météo, car le ciel était si clair avant que la tempête n'éclate d'un seul coup.

Personne ne pouvait prévoir cela, pas vrai ?

Quand on lui rétorque que tous les bateaux ont été avertis à temps pour changer de cap, et que c'est bien lui le seul le responsable, il n'en croit pas un seul mot.

On lui reproche d'avoir mis sa vie en danger et d'avoir abîmé son voilier qui est arrivé les voiles déchirées, le mât cassé et la coque complètement à refaire ! Son trimaran se trouve vraiment dans un sale état, après avoir essuyé cet orage gigantesque qui l'a malmené pendant deux jours !

Et en plus, comme si cela ne suffisait pas, Chris est même disqualifié !

« Tout ça, c'est de la triche ! Je vais prouver à tous qui je suis ! » pense-t-il, en rentrant en France.

*

Chris étant toujours convaincu d'être un aventurier, décide alors de participer à la course d'endurance qui se déroule chaque année sur l'île de la Réunion.

Il faut parcourir le plus rapidement possible un trajet très difficile qui se fraie un passage dans les cirques profonds de l'île.

Le parcours est constitué de montées et de descentes qui se succèdent sans cesse, sur d'âpres chemins. Il faut escalader des rochers branlants, on peut d'un seul coup se retrouver à pic et il faut maîtriser son vertige.

Il faut être endurant, car cette course éreintante n'est réservée qu'aux randonneurs très habitués à la montagne.

Chris randonne depuis enfant, mais principalement en forêt.

Cependant, il n'hésite pas un seul instant, il pense que cela suffit !

Il est arrivé il y a quelques jours, obnubilé par sa course.

Il n' a même pas été voir le fameux piton de la Fournaise, alors que celui-ci crachait sa lave sur l'île avant de s'éteindre, il y a deux jours.

Alors ce matin, quand on annonce qu'il n'y a plus de danger et que la course est maintenue, le voilà qui se lance, plein de vigueur... et se casse la cheville dès les premiers pas !

Il n'a même pas traversé le moindre petit îlet, même pas vu Salazie, le petit village caché du monde où se réfugiaient autrefois les « cafres », les esclaves en fuite.

Vraiment, il n'a pas de chance, ce jeune Chris !

Mais il n'abandonne pas.

*

Alors, en véritable aventurier, regonflé à bloc, il s'élance à nouveau, pour une nouvelle quête à sa portée : gravir l'Everest, au Népal.

Cette fois, Chris s'est bien équipé, mais n'a aucune intention d'écouter les guides qui l'accompagnent.

Il est convaincu qu'il peut battre un record de vitesse et qu'on veut l'en empêcher.

Il ne pense qu'à grimper, toujours grimper !

Et au bivouac où il doit se reposer, Chris reste buté.

Les sherpas lui ont pourtant expliqué qu'il faut rester quelque temps en altitude avant de continuer à monter.

Pas le temps, pense Chris, et il n'écoute pas une seule recommandation, tout emballé par sa fougue et sa détermination entêtée.

Il veut continuer seul !

Et voilà comment notre entêté se retrouve pris dans un tempête de neige, assoiffé, exténué, affamé et sur le point de tomber, complètement gelé.

Les guides sherpas le retrouvent enfin, au bout de deux jours.

Tous doivent le porter pour faire demi-tour, tant il est en mauvais état !

Et bien sûr, les sherpas ne croient pas un seul instant à son récit. Chris leur a pourtant affirmé avoir vu le fameux yéti, cet animal mythique !

Même les médecins qui l'ont recueilli à son retour d'expédition lui ont dit que c'était une simple vision causée par la neige qui altère le paysage, en le rendant alors très flou. Ce n'était sans doute qu'un gros rocher enneigé qu'il a vu, rien d'autre !

N'importe quoi !

*

Encore plus déterminé à démontrer son grand talent d'explorateur, Chris décide donc de traverser le Sahara.

Des dunes blondes, étendues à l'infini, s'offrent à son regard ébahi, lui qui traverse depuis quelques jours le désert.

Il est accompagné de ces fameux Touaregs, nomades entièrement vêtus de bleu, qui se sont gaussés de son apparence quand il a débarqué au campement.

Il faut dire que Cris, étant un pur Occidental, ne s'est simplement vêtu que d'un short et d'un polo aux manches courtes.

Le chef des méharis lui a cependant recommandé de se changer pour ne pas souffrir pendant son voyage.

Mais Chris est buté.

Voilà pourquoi il se retrouve en plein soleil, des cloques sur le visage.

Les touaregs lui ont bien donné au départ le fameux turban bleu protégeant la tête de la chaleur, mais Cris, trop fier, n'a pas protégé son visage avec de la crème le premier jour.

Cela a suffi à lui brûler la peau !

Désormais, il doit badigeonner son visage d'une substance malodorante fabriquée par les nomades, mais c'est déjà un peu tard.

Beurk ! pense-t-il.

En plus, il a dû revêtir une de leur tenue, après avoir déchiré son short seulement au bout d'une heure de dromadaire !

Ce vêtement le met mal à l'aise, il se sent engoncé. Mais il reconnaît qu'il le protège de la chaleur le jour, et du froid extrême le nuit.

Ces premières mésaventures sont vite oubliées, quand la caravane de méharis fait une grande halte, dans une oasis où Chris se prélasse.

Avant de repartir, les Touaregs l'ont averti qu'il n'y aura pas d'autre point d'eau avant trois jours et qu'il faut donc ne se désaltérer que par petites lampées.

Trois jours, c'est vite passé et Chris a quand même si soif !

Alors, au matin du troisième jour, il a bu presque toute son eau !

Comme les Touaregs lui ont confimé qu'ils arriveraient dans trois heures maximum, Chris ne s'inquiète pas et il n'avertit pas ses guides qu'il n'a presque plus d'eau.

Mais en faisant une denière pause, Chris se fait piquer par un scorpion.

Il ne faut pas bouger.

Heureusement, un Touareg incise l'endroit de la piqûre pour tenter d'aspirer un maximum le venin qu'il recrache aussitôt.

Il conseille alors à Chris de boire un peu plus fréquemment pour fluidifier au maximum le sang, car il reste peut-être encore du venin.

Comme ils arrivent bientôt, cela devait suffire, le temps de voir un médecin.

Chris, tout à sa douleur, a oublié qu'il ne restait que quelques gouttes dans sa gourde.

Il se met à suçoter sa gourde pendant que la fièvre l'atteint.

*

Puis les dunes se mettent à danser devant ses yeux, et Chris veut avertir les autres de son malaise, quand soudain il le voit.

C'est trop réel, ça ne peut pas être un mirage.

Comment cela a-t-il été érigé là, seul en plein désert et surtout par qui ? se demande-t-il.

Jamais il n'a entendu parler d'une telle chose dans ce pays !

Bien sûr, il sait qu'il y a des constructions dans le désert, et la preuve en est le caravansérail où ils doivent passer la nuit.

Mais, ça ! C'est inespéré !

Rien ne l'étonne plus, tout absorbé qu'il est par cette délicieuse vision !

Alors que le soleil vient de se coucher, non seulement il y a ce magnifique abri, mais vu l'état des murs, nul doute qu'il est habité !

D'ailleurs, ne foule-t-il pas déjà les pavés qui mènent au pont-levis du château qui se dresse devant lui ?

Tourelles, donjon, murs crénelés, tout est bien là !

Juste à côté d'une oasis, avec un point d'eau qui luit sous la lune !

Chris, encore tout ébaubi, entend à présent distinctement le hennissement des chevaux dans les écuries et les cris qui avertissent de sa venue.

Une foule surgit devant lui, d'on ne sait où, applaudissant sur son passage.

– Messire ! Vous êtes enfin de retour ! Notre reine vous attend depuis si longtemps ! lui crient avec enthousiasme les paysans et les chevaliers en armure.

Tous ensemble l'accompagnent vers le château et pénètrent dans une grande salle, où l'attend un immense trône doré, près duquel une femme magnifique se tient.

Elle est si belle avec ses longs cheveux bruns et ses yeux bleus qui scintillent ! Elle s'élance vers lui, drapée dans sa robe blanche toute légère.

Il va enfin pouvoir la serrer contre lui...

*

Un vieil homme, assis auprès de lui, l'interpelle :
– Oh ! vous êtes enfin à nouveau revenu à vous !
Il était temps que vous arriviez, car vous commenciez à avoir des visions. Vous disiez même dans votre délire que vous étiez roi ! La piqûre des scorpions de notre pays provoque souvent ces mirages, et encore davantage quand on est déshydraté comme vous l'étiez en arrivant. Mais c'est fini ! Je suis le médecin qui vous a soigné.

Vous ne risquez plus rien. Bienvenue dans notre caravansérail. Reposez-vous encore, ne vous agitez pas ainsi !

*

Chris de retour chez lui, est encore sonné par cette aventure.

Sans perdre un instant, il va donc se coucher et se plonger dans ses rêves, où il espère tant revoir sa reine !

Et la magie opère !

Désormais, chaque soir il rejoint son royaume découvert dans les dunes.

Là où il est vrai aventurier !

Là où il est un roi adoré de son peuple et de sa bien-aimée !

Les rêves, c'est tellement mieux que la réalité, parfois !

Le mystère de la grotte

En ce début d'avril, la brume glaciale enlace encore les arbres de la place du village de sa rigueur hivernale.

Nul bruit.

Tout est figé.

Les portes, closes.

L'eau de la fontaine, qui jadis jaillissait comme un bouquet de gouttelettes cristallines, s'est transformée en une farandole glacée de stalactites.

Pas une âme qui vive.
Pas un seul murmure.
Pas....

Mais si!? …

Un minuscule pépiement comme étouffé !

Un oiseau ? Par cette température?

Le printemps , très en retard, aurait déjà dû darder ses rayons de soleil, accompagnés par les premiers bourgeons.

Le sol aurait alors repris vie avec l'éclosion des premières fleurs encore timides.

Les maisons se seraient éveillées, comme après un très long sommeil, avec les rires et les chants chassant l'engourdissement qui n'avait que trop duré.

L'hibernation enfin finie, les animaux réapparus, gambadant, sautillant, voletant, s'ébrouant, auraient sonné l'hallali final de cet exécrable saison.

Oui, mais voilà !

L'hiver est encore bien présent, et cette vie qui éclot mourra à coup sûr !

Nul ne viendra donc à son secours ?

Où sont les enfants ? Aucun rire. Nuls pleurs.

Où sont les boulangers enfarinés, les fiers bûcherons, les agriculteurs zélés, qui d'ordinaire sont les premiers levés et au travail ?

Où sont les jeunes lavandières, les jolies fleuristes, les fringantes marchandes des quatre saisons, qui égaient les rues de leurs chansons?

Qu'est ce que ce village déserté ?
Personne ?

Vraiment ?

Le pépiement s'est éteint.
Il est sans doute trop tard.

La brume s'épaissit encore, dans des volutes tentaculaires qui se fraient un chemin dans le moindre recoin, avalant sous son passage tout le paysage qui s'estompe.

Le pont de pierres rouges, enjambant un ruisseau coulant dans un méandre sinueux, a disparu.

Le petit bois, qui le jouxte, effacé lui aussi.

La falaise elle même, n'est plus qu'une ombre noire, menaçante et fantomatique désormais.

Une bourrasque de vent, très violente, sauvage, envoie valser des branchages, des feuillages qui chutent lourdement sur le sol.

La terre retentit soudain d'un bruit effrayant.
Un tremblement de terre ?

Cela se répète et semble se rapprocher.

Un chaleur soudaine, inattendue, explose tout à coup.

Serait-ce le réveil de la montagne, ancien volcan inactif depuis bien longtemps ?

Encore une fois, la terre tremble, dans un soubresaut encore plus menaçant.

Mais qu'est-ce donc ?

*

Seule, au bas de la falaise, une grotte blottie, pourtant bien cachée par un rideau de lianes sauvages entrelacées, laisse entr'apercevoir une lueur.

Au fond de la caverne, le sol semble brûlé et comme piétiné. Un tas de branches entassées est dressé près de l'entrée. Mystérieusement, un tas de foin très épais s'étale tout le long de la paroi, et en son centre…

Un hurlement effroyable retentit accompagnée par une ultime secousse.

Une flamme surgit dans les pénombres, embrasant le tas de branchages.

Quelque chose est là, près de l'énorme nid enfoui dans le foin.

Oui ! C'est bien un nid, mais incommensurable, avec des éclats de coquilles énormes jonchant le sol tout autour, et des centaines de plumes d'oiseaux disposées comme un matelas douillet tout au fond de ce berceau improvisé.

Quel est cet animal qui rugit à nouveau d'un cri si puissant qu'il fait trembler les parois ?

Soudain, silence.

Un ombre chinoise étrange apparaît sur la paroi éclairée par le foyer et dévoile une bête immense dont on entend le souffle exhalé par ses naseaux.

Une patte énorme, griffue, recouverte d'écailles bleutées, se rabat violemment sur le foin qui s'envole et dévoile une silhouette tapie, recroquevillée, tassée sur elle même, dans un recoin.

– Je suis celui que vous appelez tous « Terreur de l'Est », et nul ne peut entrer dans mon repère, hurle le monstre.

La silhouette se tasse encore davantage, quand soudain, étouffé, un petit miaulement s'en échappe.

– Debout ! Tu oses te moquer de moi ! rugit la bête, comme enragée.

 La silhouette se relève.
C'est un enfant, un tout jeune, encore frêle et qui cache maladroitement quelque chose derrière lui

– C'est mon trésor ! Ma découverte ! murmure ce dernier, intimidé.

Tout tremblant, il s'écarte.

Là, tout entouré de plumes et de foin, recouvert d'un manteau en laine très épais mais élimé aux manches, il y a un petit être vivant, qui vagit à nouveau.

– Écarte-toi de mon dragonneau avant que je ne t'étripe ! mugit le monstre.
– Tout de suite, je vous en prie, laissez-moi partir !
– Il n'en est pas question !

Le dragon s'approche, avec une douceur insoupçonnée, renifle, lèche son bébé tout chaud, s'allonge près de lui, de tout son long, bloquant toute échappatoire à l'enfant.

– Mon dragonneau, mon petit ! Mais que s'est-il passé ? Raconte-moi vite, humain, et ne me cache rien !
– J'ai été bousculé par une bourrasque de vent qui m'a rejeté à l'entrée de cette caverne dont je n'avais jamais décelé la présence. Je suis donc entré et j'ai découvert, stupéfait, tout ébahi, un œuf énorme, comme je n'en avais jamais vu. Mystère !
– C'est long ton explication, je commence à perdre patience!
– Je croyais que c'était l'œuf d'un oiseau gigantesque. J'ai sorti un appeau que j'ai toujours avec moi pour appeler les oiseaux de la forêt, continue l'enfant un peu tremblant.

– T'as pas bientôt fini ?

– Mon appeau n'a produit qu'un minuscule pépiement comme celui d'un oiseau qui éclot !

– C'est donc ce bruit que j'ai entendu dans la forêt Maintenant, conclus ton histoire, petit !

– La coquille s'est alors craquelée, puis les éclats ont volé tout autour du nid quand votre petit a fini d'éclore.

– Et alors ?

– Je l'ai à peine vu car j'ai eu peur, mais je savais qu'il avait froid. J'ai enlevé mon manteau, je l'ai posé sur lui, et je me suis blotti contre lui pour le réchauffer. Vous êtes alors arrivé, murmure l'enfant qui pleure doucement.

– Alors, ainsi, c'est toi qui a sauvé mon dragonneau. Pourtant, les humains nous haïssent, tremblent devant nous, se cachent, se terrent dans leurs maisons, toutes cheminées éteintes, pensant nous berner. Et, toi, tu sauves mon petit. Comme c'est bizarre !

– On vous appelle « Terreur de l'Est » , on vous craint plus que tout. Vous avez avalé goulûment tous nos animaux, puis dévoré nos réserves de blé et de maïs, enfin bu presque toute l'eau de notre ruisseau. Depuis votre arrivée, nous restons cloîtrés, grelottant sans feu, affamés et désespérés. Alors, comme je suis petit, j'ai pensé que vous ne me verriez pas et, dans un dernier sursaut, je suis sorti chercher à manger.

Le dragon calmé, serein, encore plus serré contre son dragonneau, lui donne enfin la becquée sous l'œil ému de l'enfant.
Son petit lui ressemble mais semble encore inoffensif.

Ni le corps recouvert d'écailles, ni les ailes diaphanes repliées sur le côté, ni le museau pointu, ni les griffes déjà acérées des quatre pattes reptiliennes, ni même la longue queue fourchue n'ont effrayé l'enfant.

Il a trouvé un animal un peu étrange, certes.

Un peu mystérieux, aussi.

Un peu différent, tout comme lui-même d'ailleurs, qu'on surnomme « le bossu » dans son village.

Il a seulement voulu le protéger du froid.

Et maintenant, il dévore du regard la scène attendrissante.

Plus aucune peur dans son cœur.

Que de l'infinie tendresse.

Enfin rassasié, le dragonneau ouvre d'un coup sa gueule, dévoilant des dents acérées que l'enfant n'avait pas vues, ce qui le fait sursauter d'un bond.

– Ne crains rien, dit le dragon. Je vais te dévoiler un secret. Nous ne mangeons aucun humain ! Approche-toi, mon petit veut te voir encore.

L'enfant, encore tremblant s'approche et caresse avec douceur la tête légèrement cornue du dragonneau qui, d'une langue bleutée, lui lèche la joue, et se love contre lui, en ronronnant !

Oui, en ronronnant, comme un chaton !

Un long moment se passe.

L'enfant ébloui a oublié tout ce qu'il y avait autour de lui et, doucement bercé par le ronronnement de son nouvel ami, s'est endormi.

*

Quand il rouvre les yeux, plus personne.

Il se rue dehors et n'en croit pas ses yeux.

Plus de brume glaciale !

Un soleil transperce les branches des arbres de ses rayons dorés.

L'enfant court et traverse le petit pont de briques pour rejoindre le village :
– Sortez tous, vite, le soleil est là ! C'est enfin le printemps ! Ne craignez rien !

Déjà l'eau de la fontaine, libérée de l'étreinte glaciale du gel qui l'emprisonnait, jaillit à nouveau, éclaboussant la margelle.

Un instant se passe.

Tout doucement, les volets s'ouvrent, les enfants sortent les premiers, courant partout, criant de joie, libérés, délivrés du carcan du silence dans lequel ils étaient confinés.

Soudain, approchant à grands pas, le dragon apparaît et lance des flammes sur un tas de branches entassées, créant un feu gigantesque.

On entend des voix discordantes :
– Venez vite, c'est incroyable !
– C'est le dragon qui revient ! Fuyons !

Beaucoup courent vers leurs maisons, apeurés, se bousculant, chutant même au seuil de leurs logis.

– Mais non, revenez ! Sortez tous et regardez-le !

Les enfants, encore dehors, sont les premiers à le découvrir s'envoler enfin dans toute sa plénitude.

Majestueux !

L'immense dragon, dont les écailles brillent sous le soleil, les survolent d'un seul battement d'ailes.

Sa longue queue balaie l'espace autour de lui.

Il vole, mais pourtant semble aussi courir dans le ciel quand il étire ses pattes.

– C'est comme un oiseau magique ! s'écrie le plus jeune.

– C'est comme un cheval au galop, murmure une fillette.

– C'est donc cela, un dragon ?

Le voici qui se dirige vers le champ en le labourant de ses griffes acérées, puis, de sa large gueule ouverte, lèche le sol de ses flammes brûlantes.

Il repart vers la forêt pour réapparaître, pratiquement aussitôt.

Ébahis, les adultes qui ont rejoint les enfants, assistent alors à un miracle.

Des sacs, jusqu'alors retenus par les griffes acérées des pattes de la créature, libèrent des graines par milliers qui se déversent sur le champs.

Puis le dragon attrape au vol un seau qui était près de la fontaine, l'y plonge et déverse l'eau puisée sur les semences.

Et disparaît.

Des cris de joie, des rires, des embrassades éclatent alors sur la place du village.

Des voisins du bourg le plus proche, alertés par ce tohu-bohu tonitruant, accourent alors.

– Bossu, explique-nous maintenant !

L'enfant, habitué à ce surnom, leur raconte alors son aventure et ce qu'il a appris dans la grotte.

– Sans peur ! Sans peur ! Tu es vraiment sans peur ! Paul Sans peur ! crient les enfants en faisant une farandole autour de lui. Ce sera ton surnom désormais ! lui scandent les enfants à l'unisson, en l'entraînant dans leur ronde.

Tous les villages alentours, avertis du prodige, arrivent apportant avec eux du maïs, du blé, des légumes et de quoi rassasier enfin leurs voisins…

Des pépiements d'oiseaux retentissent autour d'eux, un lièvre traverse le champ, la vie a repris.

Le printemps passe, puis l'été arrive.

Les granges sont pleines, les poulaillers aussi.

De paisibles petits veaux cabriolent près des vaches qui broutent l'herbe.

Les enfants jouent dans les rues, le marché étale ses fruits et légumes, les lavandières chantent en lavant le linge, le boulanger sort de son four des pains bien odorants.

Les maisons ont été fraîchement repeintes et les granges ont été réparées.

– Où est Paul ? demande un enfant autour de lui.
– Paul ? Qui est Paul, demande une petite fille étonnée.
– Tu sais bien, enfin ! C'est l'ami des dragons ! C'est celui qu'on surnomme « Paul sans peur »
– Oh ! oui ! Je crois qu'il est dans la forêt.

En effet, le garçon parcourt lentement le petit bois, tout songeur.

Il a trouvé son cher dragonneau il y a déjà quelque temps.

Paul sait que celui-ci va bientôt partir et il veut cacher sa tristesse en restant seul.

Il entend la cloche de l'église qui sonne midi.

Il faut rentrer.

Au-dessus de la place, un bruissement d'ailes, maintenant familier, fait frémir le feuillage de l'arbre centenaire, planté au centre du village.

Le dragon vient survoler leurs maisons, comme il le fait désormais, une fois par semaine :

— Où est l'enfant qui a sauvé mon petit, celui que vous appelez « Paul Sans peur »?

— Je suis là, répond l'enfant qui sourit désormais.

– Il va être temps de vous quitter, avant l'hiver. Nous avons de la route à faire avant de retrouver notre pays natal. Je tenais à vous saluer. Demain, avant de partir, j'aurai une surprise pour vous tous, dit le dragon en repartant vers la forêt.

Les enfants entourent leur ami et lui disent :

— Paul, toi qu'on appelle « Paul sans peur », ne sois pas triste ! Tu n'es plus seul désormais. Nous sommes tes amis à tout jamais ! Viens avec nous, nous allons décorer le village pour faire nous aussi une surprise pour demain.

Des lampions sont accrochés à l'arbre centenaire de la place centrale, des guirlandes ornent les fenêtres des maisons, un banquet est dressé, des chants retentissent et Paul entouré de toute part est maintenant apaisé.

Tout est prêt.

Le lendemain, le dragon arrive en fin de matinée. Tous les villageois rejoignent les enfants pour saluer ce dragon qui les a tant aidés.

Pour la première fois, le dragon se pose sur la place, mais nul ne le craint désormais.

– Comme je vous l'ai dit hier, je retourne vers l'Est, dit il.

– Et dragonneau ? demandent Paul et ses amis ;

Le dragonneau apparaît alors, déployant ses ailes diaphanes. Sa queue semble dessiner des arabesques dans le ciel. Des écailles dorées, comme une armure, couvre son corps entier et ses yeux mordorés luisent comme deux soleils.

Il se pose lui aussi, puis, sans hésiter, se dirige vers l'enfant et s'approche en ronronnant comme un chaton :

– Paul, toi qu'on surnomme ici « Paul sans peur » ! Tu es mon ami à jamais et mon nom est celui que tu m'as donné quand tu m'as trouvé ! Je ne t'oublierai jamais !

– Tu vas tant me manquer, lui chuchote tendrement l'enfant, avant que son dragonneau ne s'envole.

Tous les enfants, très excités et intrigués, entourent leur ami Paul. Les parents, curieux eux aussi, se joignent au groupe aussitôt. Des questions fusent de toute part :

– C'est quoi son nom ? lui demande une fillette.

– Quand je l'ai trouvé, il était encore dans son œuf.

– C'est quoi son nom ? insiste un jeune garçon .

– Je ne savais pas quoi en penser. Un œuf aussi gros ! Je tournais autour, encore et encore.

– Mais à la fin, dis-nous son nom ! crie un enfant.

– Je répétais sans cesse le même mot, en tournant autour de l'œuf qui m'intriguait : « Mystère! Mystère ! » C'est donc le premier mot qu'il a entendu quand il a éclos.

– Mystère ? demandent en chœur tous les enfants.

Le dragonneau, passant au dessus de la fontaine, leur annonce :

– Oui, « Mystère de l'Est ! » Tel est mon nom désormais.

Il ouvre sa gueule d'où s'échappe des flammèches qui rebondissent sur les gouttelettes d'eau éclaboussant la margelle, créant un arc-en-ciel magnifique. Tous les villageois réunis restent ébahis, émerveillés comme ensorcelés par cette dernière magie. Des rires fusent enfin, de plus en plus nombreux, devant ce spectacle féerique.

Les enfants forment alors une farandole joyeuse pour mieux en admirer les multiples reflets irisés sous tous les angles. Cet arc-en-ciel magique n'en finit pas et le temps semble s'arrêter pour goûter pleinement ce moment. Quand tous lèvent leurs yeux encore remplis d'étoiles, ils aperçoivent les deux dragons, qui après un ultime survol au-dessus de la place de la ville, se tournent vers le soleil levant, fendant le ciel azuré d'un seul battement d'ailes, en jetant un dernier regard au village qui les a accueillis tout ce temps.

Paul sourit à son dragonneau qui semble hésiter à le quitter, et lui dit :
– Va, mon ami ! Tu es dans mon cœur à tout jamais !
– Bon voyage ! Un jour, ou peut-être même une nuit, peut-être reviendrez-vous chez nous? crient en cœur les villageois, en saluant d'un dernier signe de la main.
– Qui sait ? Je m'appelle « Mystère de l'Est » n'est-ce pas ? Que le mystère demeure donc, mes amis ! répond avec malice le dragonneau, en traversant l'arc-en-ciel qu'il a créé !

Sommaire